博
纳
尔
油
画
精
品

︿
外省罐

1930 年／布面油彩／ 75.5cm × 62cm

开着的落地窗
1921 年／布面油彩／ 114cm × 112cm

^
镜前女裸体

1931 年／布面油彩／153.5cm × 104cm

20
世
纪
世
界
艺
术
大
师
精
品
丛
书

^
^
戛耐景色
1939 年／布面油彩／ 73cm × 56cm

^
盆浴女人

1912 年／布面油彩／ 75cm × 99cm

20
世
纪
世
界
艺
术
大
师
精
品
丛
书

马尾手套

1942 年／布面油彩／130cm × 59cm

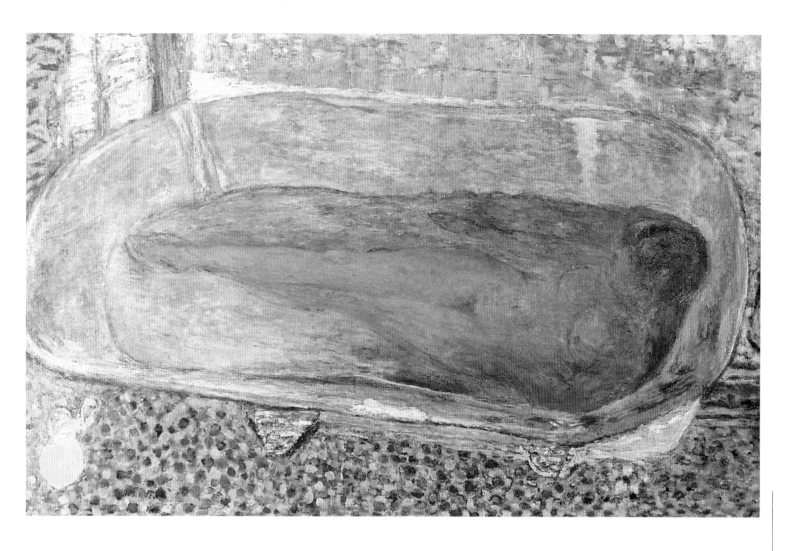

大浴缸 ^ 胳膊抬起的女裸体

1938～1943年／布面油彩（上图）   1893年／布面油彩（下图）
94cm × 144cm   41cm × 95cm

猫与静物 ˄ 条纹餐布桌

1924年／布面油彩（上图）　　1921～1923年／布面油彩（下图）

56cm × 61cm　　60.5cm × 77cm

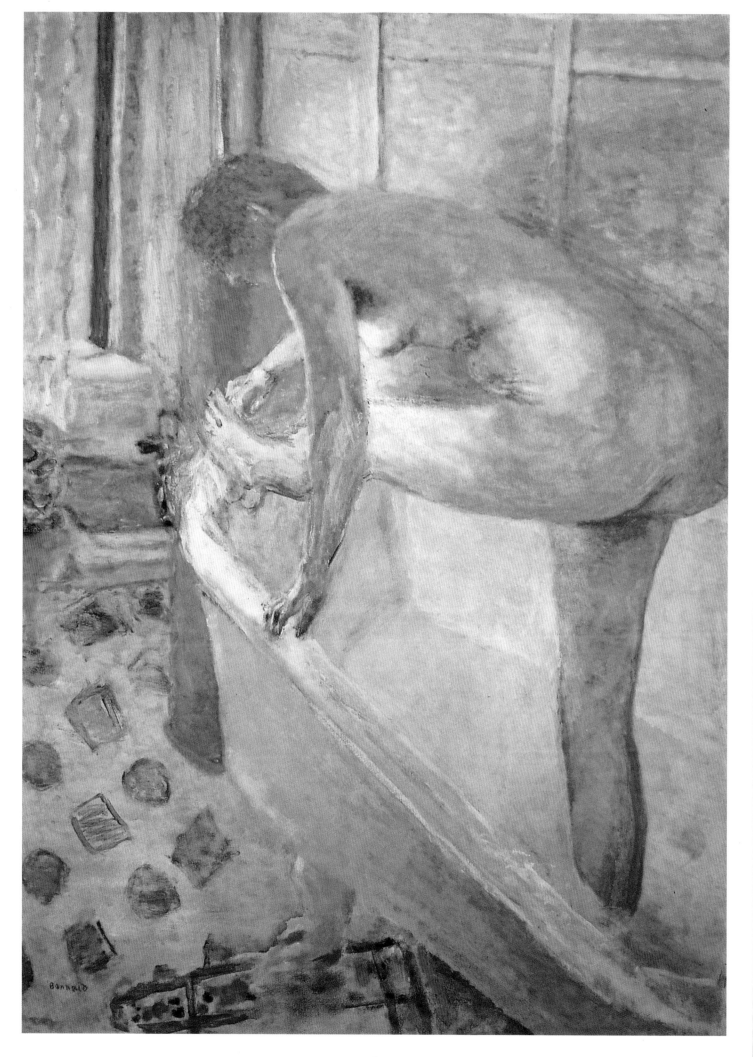

^
浴缸女裸体

1924 年／布面油彩／ 113cm × 82cm

^

绿色女衫

1918年／布面油彩／ 102cm × 69cm

史朗斯的泰拉斯一家

1893 年 ／ 布面油彩 ／ 82.6cm × 68.6cm

20
世
纪
世
界
艺
术
大
师
精
品
丛
书

︿
水果盘
1933年／布面油彩／ 58cm × 53cm

^
十字路口

1911年／布面油彩／81cm × 52cm

诺曼底风景

1920 年／布面油彩／ 100cm × 60cm

诺曼底风景   ^ 维农的露台

1926～1930年／布面油彩（上图）   1928年／布面油彩（下图）

62.6cm × 81.3cm   243.5cm × 309cm

20
世
纪
世
界
艺
术
大
师
精
品
丛
书

白色桌布

1925年 / 布面油彩 / 100cm × 112cm

开花的苹果树

1920 年／布面油彩／ 100cm × 78cm

丽春花

1912年／布面油彩／ 48cm × 34cm

^
樱桃

1923 年／布面油彩／ 58.5cm × 57cm

^
红色松紧袜带

1903～1904 年／布面油彩／ 61cm × 50cm